VERCINGÉTORIX !

DITHYRAMBE

PAR

DE GÉNÉRÈS-SOURVILLÉ

Officier civil de la marine en retraite, chevalier de la Légion d'honneur

---

*Et quoniam sit fortunæ cedendum,
ad utramque rem se illis offerre, seu
morte sud Romanis satisfacere, seu
vivum tradere velint*

(C. J. Cœs., Com. de bello Gallico,
lib. VII).

NICE

IMPRIMERIE V.-EUGÈNE GAUTHIER ET COMPAGNIE

—

1866

VERCINGÉTORIX!

VERCINGÉTORIX !

DITHYRAMBE

PAR

DE GÉNÉRÈS-SOURVILLÉ

Officier civil de la marine en retraite, chevalier de la Légion d'honneur

> ... *Et quoniam sit fortunæ cedendum,*
> *ad utramque rem se illis offerre, seu*
> *morte suâ Romanis satisfacere, seu*
> *vivum tradere velint.*
>
> (C. J. Cœs., Com de bello Gallico,
> lib VII)

NICE

IMPRIMERIE V.-EUGÈNE GAUTHIER ET COMPAGNIE

—

1866

VERCINGÉTORIX!

I

Ainsi, voilé par les nuages
Qui le dérobaient à nos yeux,
On voit, triomphant des orages,
Briller le soleil radieux.
Tout respire dans la nature :
Les champs reprennent leur verdure,
Les fleurs recouvrent leur beauté
Et, ne craignant plus la tempéte,
Le voyageur lève la tête
Et du ciel bénit la clarté.

Ainsi, dissipant les ténèbres
D'une obscure postérité,
Sur les hommes jadis célèbres
Versant ta fidèle clarté,

Ta voix, AUGUSTE ACADÉMIE !

Des nobles cœurs la noble amie

A nommé Vercingotérix ;

On a compris : chacun tressaille

Et ce nouveau champ de bataille

A tout soldat assure un prix.

II

Mais quel est ce héros caché sous la poussière

Des siècles oublieux de ses nobles exploits?

Je cherche en vain son nom sur le bronze ou la pierre (1)

Ce nom semble inconnu des peuples et des rois.

Et pourtant, le voilà réveillant la mémoire

Des hauts faits qui jadis émurent tous les cœurs·

Aux vaincus il apporte une immortelle gloire,

De honte et de regrets il poursuit les vainqueurs.

Oui, Vercingétorix! Oui, guerrier magnanime !

Tu peux de ton pays relever l'étendard ;

Si de César un jour tu mourus la victime,

Ton triomphe aujourd'hui fera pâlir César

---

(1) Lorsque l'auteur écrivait ce vers, la statue que le gouvernement a fait elever à Vercingétorix n'était pas encore érigée.

III

O Clermont! toi qui le vis naître,
Toi, le pays de ses aïeux,
Ne vas-tu pas le reconnaître
Ce chef que t'ont donné les Dieux?
Hélas! son ingrate patrie,
Craint la valeur et le génie
Du défenseur de ses remparts:
Il est proscrit!!! mais sa grande âme
Vers d'autres cœurs portent la flamme;
On vient à lui de toutes parts.

IV

Venez, venez, enfants de la Touraine!
Et vous, aussi, Sénonais! Parisiens!
Et vous Andais! Pictons! Carduciens!
Réchauffez-vous au feu de son haleine.
Suivez ce chef qui vous guide aux combats:
Ne cherchez pas jusqu'où va sa puissance:
Tout ce qu'il veut, c'est votre délivrance;
Marchez! La gloire accompagne ses pas.

Ils ont marché : la Gaule tout entière
Se lève et court repousser les Romains.
Femmes, vieillards, enfants, toutes les mains
Tiennent une arme ou portent leur bannière :
L'eau des torrents, l'obscurité des bois
Et des marais la fange protectrice,
Tout ce que peut l'audace ou l'artifice
A leur ardeur vient s'offrir à la fois.
Pourquoi faut-il qu'ils n'aient pas la science
De l'ennemi dont ils ont la valeur?
Dans le succès comme dans le malheur
César du sort sait prévoir l'inconstance;
Mais eux, hélas! défendant Génabum,
Que pourront-ils? Présenter leur poitrine
Et succomber sous cette discipline
Déjà fatale à Noviodunum.

V

O Gaule infortunée! O ma vieille patrie!
Tu n'as pas sans combats courbé ton noble front.
On a vu tes enfants défendant Gergovie
Infliger aux Romains un éternel affront.
Ton indomptable chef, ranimant les courages,
Ne veut avec César conclure aucun traité.

Les Gaulois aux Romains ne donnent point d'otages :
Ils meurent pour la Gaule et pour leur liberté.

VI

Oui, Gaulois! combattez; mais de la destinée
N'espérez pas changer l'irrévocable arrêt :
Sur vos murs renversés, trois fois dans une année,
N'avez-vous pas des Dieux pu lire le décret?

VII

Ils veulent espérer contre toute espérance :
C'est dans Alezia qu'ils vaincront les Romains :
De piéges inconnus hérissant leurs chemins,
Ils comptent sur la ruse unie à la vaillance.

VIII

Sortez de vos tombeaux, héroïques Gaulois!
Venez à vos neveux raconter vos exploits :

Ah! dites-nous comment, pendant ces deux journées
De défense et d'attaque ensemble combinées,
Vous avez des Romains fatigué la valeur
Et de César lui-même étonné le grand cœur.
Je te vois Commius, en ce combat suprême,
Pour sauver ton pays risquer ton diadème :
J'assiste à ce conseil de farouches soldats
Qui ne calculent plus la chance des combats;
Mais les jours qu'ils pourront vivre sans nourriture
Et si le corps humain peut servir de pâture.
Ta voix me fait frémir immortel Critognat!
« *Mangeons-nous!* » leur disait le féroce Auvergnat.

IX

Quoi! tant de dévouement, de constance et de gloire!
    Quoi! tant de haine et tant d'amour
    N'assureront pas le retour,
Le retour d'une grande et suprême victoire?

Non, non, tout est fini, tel est l'arrêt du sort,
    Cette bataille est la dernière
    La Gaule a baissé sa bannière
Et Vercingétorix vient saluer la mort.

X

Le voici! Pour sauver ses chers compagnons d'armes
Que le fer ennemi veut encore égorger;
Pour épargner le sang et pour tarir les larmes,
Du peuple que son bras ne peut plus protéger,
Il leur dit : « Puisqu'il faut céder à la fortune;
« Puisque ma mort peut seule assouvir les Romains;
« Tuez-moi! Terminez une vie importune,
« Ou même livrez-moi vivant entre leurs mains. »

Puis il court revêtir sa plus brillante armure;
Monte sur son coursier comme un triomphateur;
Méprise des Romains les regards, le murmure,
Jette son glaive et vient regarder son vainqueur.

XI

Et maintenant, Français! les longues funérailles
    De la cité de vos aïeux
    Ne contristeront plus vos yeux:
On veut d'Alézia relever les murailles.
Travailleurs! un moment contemplez ces débris:
    Ils vous disent dans leur langage
    Des Gaulois quel fut le courage
Et répètent le nom de Vercingétorix.

XII

Tu triomphas, César! mais ta gloire ternie
    Prouve au monde que le génie
De son pouvoir doit compte à la postérité.
Par des faits glorieux prouve nous ta vaillance
    J'y consens; mais dans ta puissance
Ne fais pas aux vaincus subir ta cruauté.

XIII

On dit — Puissent ces bruits n'être pas de l'histoire —
Qu'à Rome il envoya son captif désarmé,
Afin qu'il pût servir de témoin à sa gloire
Et rassurer ainsi le Sénat alarmé;
Mais que toujours, craignant la magique influence
De ce jeune héros qui pouvait revenir,
Aux Locuste d'alors confiant sa vengeance
Il leur laissa le soin de le faire mourir.
Ah! s'il en fût ainsi, je maudis ta mémoire,
Oui, César! je maudis tes plus brillants exploits:
Dans Cimber, dans Brutus te poignardant, je vois
Les Dieux, les justes Dieux flétrissant ta victoire.

DE GÉNÉRÈS-SOURVILLÉ

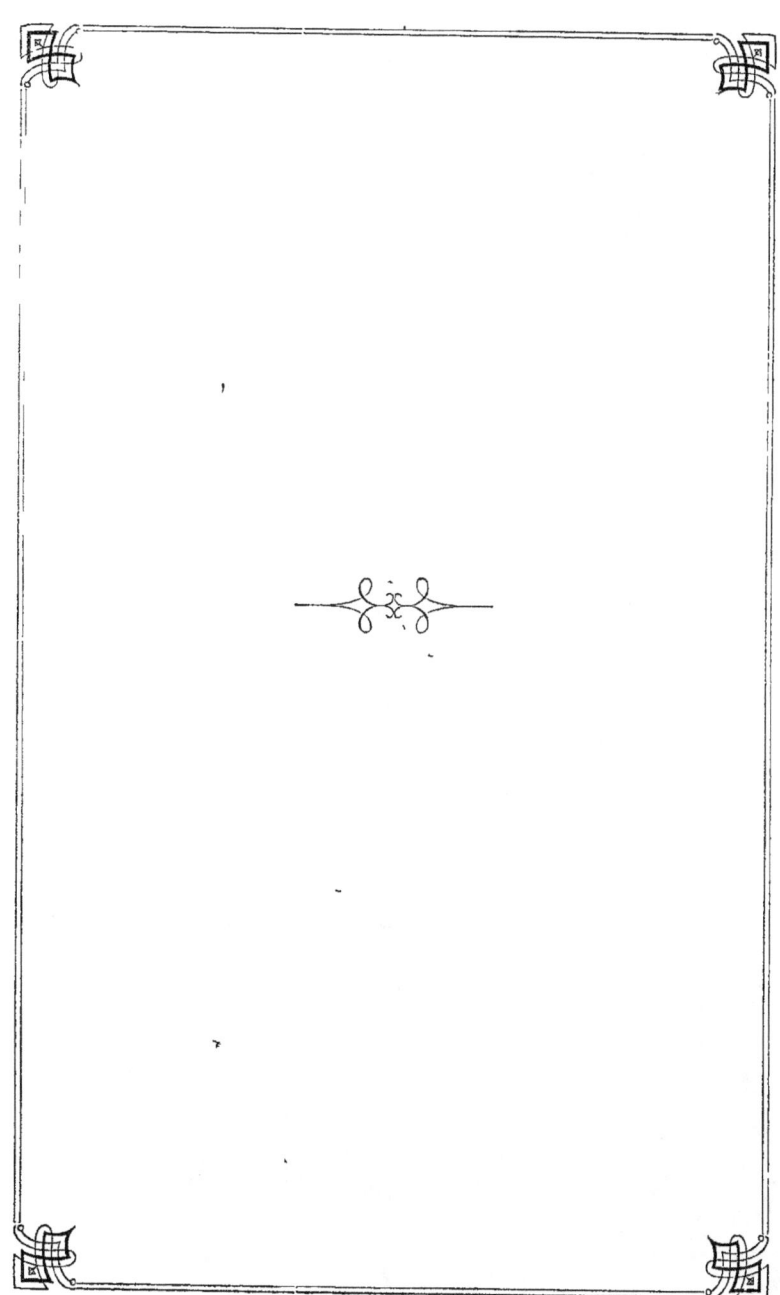